【岳麓文辑】 张立云·主编

# 清溪雅韵

黄连德 著

诗词构思巧妙，意境深远
笔力流畅，清新自然

QINGXIYAYUN

QINGXIYAYUN

UNITY PRESS 团结出版社

图书在版编目(CIP)数据

清溪雅韵 / 黄连德著. -- 北京 : 团结出版社,
2021.4
(岳麓文辑 / 张立云主编)
ISBN 978-7-5126-8676-2

Ⅰ. ①清… Ⅱ. ①黄… Ⅲ. ①诗词–作品集–中国–
当代 Ⅳ. ①I227

中国版本图书馆 CIP 数据核字(2021)第 046003 号

出　　版 : 团结出版社
　　　　　(北京市东城区东皇城根南街 84 号　邮编 : 100006)
电　　话 : (010)65228880　65244790
网　　址 : http://www.tjpress.com
E - m a i l : 65244790@163.com
经　　销 : 全国新华书店
印　　刷 : 长沙印通印刷有限公司
装　　订 : 长沙印通印刷有限公司

开　　本 : 142 毫米×210 毫米　　　　1/32
印　　张 : 39
字　　数 : 841 千
版　　次 : 2021 年 4 月第 1 版
印　　次 : 2021 年 4 月第 1 次印刷

I S B N : 978-7-5126-8676-2
定　　价 : 398.00元(共九册)

# 序　言

　　林溪（黄连德的笔名）君是我湖南师范大学1973级中文系五班的同学，入学半年后五班按组分别并入不同班级，同学三年竟互不相识。分别43年后，老五班相聚才有一面之交。2019年7月，他收到老五班聚会相册后在群里发了一首《南乡·一剪梅》。我读后深受感动，将感慨发在群里。从此，他应我的要求，每天发一首已有的诗词过来，并约定截至年底，因而有了这本《清溪雅韵》。

　　林溪君年轻时即痴迷于诗歌和写作。读高中时创作了不少文学作品，进入师大前就有文章在省级报刊上发表。大学时的专业深造和博览群书，工作从政后仍执着于对文艺的追求，使他的笔力炉火纯青、随心达意。他在各级报纸杂志上发表了许多文章，出版了散文集《白水清溪》《霞山四友》，是湖南省作家协会会员。

林溪君酷爱古典诗词，并将古典诗词的格律音韵应用得得心应手、灿烂生辉。这本诗集就是他创作的古体诗词的一部分。他的诗词构思巧妙，意境深远，笔力流畅，清新自然。有的轻巧灵动，有的雄浑荡气；有的义重情深，有的潇洒豪放；有的哲理深刻，有的形象独具。读后让人得到美的享受、情的感染、知识的熏陶、思想的启迪、心灵的震撼！没有渊博的学识、没有深厚的功底、没有充沛的激情、没有浪漫的胸襟、没有独到的感受、没有深邃的思想是写不出这么多灿烂多彩、动人心弦的美妙诗篇的！

我为能读到这么多优美而贴近生活的诗词而欣慰，为有这样的学友而骄傲！

谢谢林溪君！

随　缘

2020 年元月

# 目 录

## 叙事绘景篇

老家素描篇

## 答赠题照怀友篇

# 第二辑　词

## 第三辑　现代诗

第一辑

古诗

# 茉莉花

廓外青山映彩霞,翠竹倩影透碧纱。

双鬟才理乌丝乱,玉手又簪茉莉花。

# 食荔枝

新月初升趁晚凉,婆娑竹影映碧窗。

红妆一卸琉璃白,天上人间滋味长。

# 萼绿华

一枝遥念近仙家，临水竹窗映月华。

夜半谁家吹玉笛，相思片片绿梅花。

注：萼绿华，传说中仙女名，自言是九嶷山中得道女子罗郁，又指绿萼梅花，即绿梅花。

# 咏海棠

几番风雨几芬芳，褪尽胭脂也断肠。

才女长安如有问，痴心一片系海棠。

# 赋得荔枝

闽南曾恋十八娘，巴东又爱红袖香。

明夏羊城能聚会，扁舟便去荔枝湾。

# 樱桃宴

南岭摘来一树香，春光艳艳映华堂。

芳心忽忆当年事，无限风情在玉盘。

# 荷花（二首）

## 一

一池清水浴新装，拜月亭前秋月凉。
莫讶贤郎浑似醉，莲香外又女儿香。

## 二

莲塘半亩月朦胧，淡淡清香淡淡风。
漏尽竹楼才睡去，藕花又向梦中红。

# 紫薇（二首）

## 一

不和桃李竞春风，总向人间展丽容。

装点山河新气象，盈盈祥瑞万家同。

## 二

竹篱茅舍两三家，流水小桥送落霞。

更喜一笛牛背上，声声只向紫薇花。

注：紫薇花期6—9月，横跨夏秋两季。神滩晚照，佘湖雪霁皆宝庆十二景之一。

# 山中碧桃（二首）

## 一

天外飞来带露栽，落英流水共潆洄。

东山寂寞长安远，艳艳一枝为谁开。

## 二

芳华灼灼映流霞，茅舍竹篱是谢家。

沉醉檀郎留恋甚，逢人却道看桃花。

注：谢家，谢女之家。谢女，晋谢道蕴，聪慧过人，代指才女。檀郎，晋潘岳，小名檀奴，姿仪美好。成语檀郎谢女指才貌双全的夫妇或情侣。唐李贺《牡丹种曲》诗："檀郎谢女眠何处，楼台月明燕夜语"。

# 扬州芍药

梦中明月梦中桥,芍药广陵天下娇。

十里春风谁俏丽,撩人芳韵玉逍遥。

注:一、杜牧有写扬州名句云"二十四桥明月夜,玉人何处教吹箫"。二、扬州古称广陵。三、玉逍遥,白色芍药名。

# 野蔷薇

嫣然一笑殿春风,红白紫黄浑不同。

野性生来多利刺,芳香偏爱露峥嵘。

## 蔷薇瓶插

傍水依山小路边，花团锦簇灿云天。

闲来嘻嘻摘几枝，要养春光百日鲜。

## 牡　丹

花中国色自天香，洒向人间日月长。

即便无端风雨后，也和芍药共芬芳。

注：牡丹国色天香，美艳动人，但甚怯风雨，对此，白居易有诗云，"残红零落无人赏，雨打风吹花不全。"牡丹和芍药都是毛茛科芍药属花卉，在叶片、花色和植株外形上有许多相似之处。又，牡丹芍药花期相续，民谚有云："谷雨三朝看牡丹，立夏三朝看芍药。"

# 洞庭水仙

凌波仙子净凡尘，寞寞寒香洛水神。
为爱巴陵荆楚地，丹心来缀洞庭春。

# 盆景水仙

飘荡蜿蜒万壑间，一溪清冽照云天。
初心不许出山岳，要伴观音养水仙。

# 瓶插水仙

轻寒漠漠映初阳，风韵天然淡淡香。

但爱芳心无媚态，便为清供向碧窗。

注：一、水仙，是石蒜科多年生草本植物，多为水养，其姿秀美，花香浓郁，亭亭玉立，雅号凌波仙子。特性：夏眠，秋生，冬花，花期可达三月。二、曹植有《洛神赋》，极言洛水仙子之绝美，后人即传水仙花神为洛神。三、李渔在《闲情偶寄》中说："予有四命，各司一时：春以水仙兰花为命，夏以莲花为命，秋以秋海棠为命，冬以蜡梅为命。"可见文人雅士情怀和水仙可见一斑也。

# 枸 杞

满地丛生簇簇新，夏花秋果玛瑙云。

天生扶老仙人杖，要遣人间处处春。

注：仙人杖，枸杞别名。


# 咏 莲

亭亭玉立独摇风，仙子凌波展丽容。

不枝不蔓清香远，且直且通胆气雄。

懒与牡丹争富贵，时和月季论达穷。

一派清流化尘世，扬眉低首君子风。

# 采 莲

晓风杨柳雾微茫,云影天光浸素妆。

莲动渔舟弄倩影,恍然又梦到仙乡。

# 蓼 花

梧桐叶落气清秋,两岸云山一望收。

此去天涯君应记,花开红蓼白苹洲。

注:蓼花为草本植物,多生长水边,初秋开花,花期
可达三月。

# 梅花（二首）

## 一

凛凛清寒天地中，芳香袅袅导春风。

时人莫讶花枝俏，一片丹心冻里红。

## 二

水边林下总成春，月冷霜铺自有神。

最是一枝香雪玉，玲珑剔透水晶心。

# 凤仙花（二首）

## 一

满院深红又浅红，芳香阵阵醉清风。

漫道三春多艳丽，凤仙一笑百花空。

## 二

月色溶溶淡淡风，笑语朗朗翠苑中。

焚香更捣凤仙蕊，要染纤纤十指红。

注：一、凤仙夏初开花（花期可至秋日），此时三春百花，业已凋零也。二、凤仙花别号指甲花，因其花蕊之汁可染指甲，尤为女子喜爱。

# 凌霄花

云梯能上百尺高，顺水船行万里遥。

天下好风凭这力，世人何独笑凌霄。

注：凌霄为藤本植物，蔓生细须，攀附大树，凌霄直上。自古世人多讥之，清李渔则誉之"天际真人"。

# 映山红

杜鹃花开满蜀中，也来南岭映山红。

一群丹凤飞天去，又见腾腾滚地龙。

# 枫叶(二首)

## 一

正是年华锦绣时，高山流水两心知。

金秋每上岳麓去，红叶一山好赋诗。

## 二

淡淡雏菊淡淡风，几随大雁望长空。

何日霜叶云鬓上，又见当年醉里红。

# 咏石榴

花开红似火，结实有丹心。
众子团团日，莹莹一室春。

# 枇　杷

绿荫四季过东墙，仲夏时节树树香。
颗颗金丸迎客到，乡情一片任品尝。

# 早春山茶

漠漠春寒料峭风，蒸霞灼日别样红。
人间春色须装点，便唤山花开成丛。

# 咏　桃

幽谷崖上自寂寞，林下水边亦灼灼。
但得高士慧眼开，不怕俗人说轻薄。

# 咏 竹

生来偏是女儿身，清气芳颜两绝尘。

最是一丛天外去，长空万里扫浮云。

# 芙蓉花

如云为雾似流霞，潢渚沿溪又映沙。

莫许连江戏寒雨，木莲本是拒霜花。

# 栀子花

难忘当年别谢家，依依不舍恋芳华。
同心要解丁香结，满院但读栀子花。

# 咏桂花

吾家丹桂一时开，满院馨香蓄在怀。
白日乘风天际去，中宵入梦又复来。

# 木槿花

金黄一簇映竹窗，翠黛轻笼荷叶塘。

漫卷诗书新雨后，木槿又放满园香。


# 九月山茶

清纯秀丽瑶池水，静婉柔如巫山云。

素雅一枝摇风雨，来迎十月小阳春。

# 咏　梅

林下水边寂寞乡，悄然绽放也安详。
生来冷艳凌霄汉，一片寒函浴日光。


# 蜡　梅

一簇珊瑚意态浓，瘦枝怒放气犹雄。
天生肝胆常相照，便斗严寒雪里红。

# 望春花

一枝叶出便着花,烂漫芬芳灿若霞。
最是风姿惊艳处,霓裳轻舞别仙家。


# 杏花(二首)

春风杨柳意绵绵,浪漫清溪走画船。
正是江南三月雨,与君共醉杏花天。


江南别后水云空,自恃蓬山几万重。
春雨何期幽梦里,烟村又看杏花红。

# 李 花

紫燕双飞弄晚情，芳心也应盼归程。
春风浩荡三千里，遥见李花一树明。

# 玉兰花

雪山瑶岛作琼林，动魄惊心净秽尘。
丽质生来心意好，人间天上共迎春。

# 棣棠花

徐升阳气助芬芳，乱蕊压枝淡淡香。

往昔缤纷红与紫，棠棣今日容金黄。

# 菊　花

双飞燕舞绣芙蓉，太液莲前鹤顶红。

帘卷西风佛见笑，十分春色玉玲珑。

# 咏　柿

朱红装点千山艳，天赐甘甜好送节。

但有一心怀至善，由人只拣软的捏。

# 月到风来

雨洗碧空净，谷幽花自开。

心中俗念去，月到又风来。

注：一、苏州网师园有"月到风来"亭，亭名取意宋邵雍诗"月到天心处，风来水面时"。二、菜根谭有云："机息时便有月到风来，不必苦海人世；心远处自无车尘马迹，何须痼疾丘山。"

## 青山夕照

日落青山后,云出古洞来。
笛音随丽水,婉转到天台。

## 看山赏月

看山宜雨后,赏月到潭前。
最应心情好,还得有夙缘。

## 三更灯火

句读西窗下，一灯如豆寒。
更深人睡去，大梦泣慈颜。


## 竹楼午梦

暑气随风去，蝉声似雨来。
恹恹竹簟上，一梦到天台。

## 溪边少年

两岸花争艳，一溪流水香。

童心漂落叶，追梦到天堂。

## 自画像

细雨微风看花天，相皆携子到怡园。

愿得春色常相住，岁岁花香似今年。

# 麓山怀旧

一年一度近中秋,湘水麓山明月楼。
夜半谁家飞玉笛,相思一片到心头。

## 七　绝

祥云一片自天涯,款款深情到万家。
但有慈航能永渡,神州处处吐莲花。

## 无 题

秋风昨夜过园林,冷雨敲窗醒梦云。
晨起闻香帘外溢,飘然一念到凰城。

## 行吟滨江

丛丛芦苇野花开,风送馨香泼满怀。
一水澄潭深似镜,秀峰数座渡江来。

# 咏　怀

宦海沉浮卅六春，功名富贵若浮云。

丹心一颗何曾老，又伴雪峰课后生。

注：作者退休后于洞口县雪峰中学办学育人。

# 无　题

写诗才读古人词，万迭青山养病时。

书派用场方恨少，临渴掘井亦何迟。

## 潇湘洞庭

难忘潇湘月，常怀洞庭春。
绵绵无限意，万古也为新。

## 岩头老树

雨骤花如醉，风急柳亦狂。
岩头一老树，泰然自安详。

# 平湖秋月

千山秋水丽，明月正中天。

雨后风烟净，平湖一镜悬。

# 戊戌中秋

独上高楼望远方，秋风秋雨正茫茫。

潭州今夜无明月，一念依然到故乡。

# 写在二桥

夫夷水碧炎山高，一帆东去故园遥。

惆怅双江秋月夜，玉人吹箫立二桥。

注：二桥：夫夷水穿县城而过，上有桥两座，二桥位
在沙湾。立桥上可一览全城。

# 转龙寺

转龙寺伴芙荑江，地阔天空水茫茫。

苦海无边何是岸，众生普度乐慈航。

# 枫林峡

林暗泉流冷，花红寂寞开。

风吹甘露落，疑是雨忽来。

注：1976年的一个春日，我和几个同学上岳麓山散步，至枫林峡中，忽一阵风来，林中露水兜头淋下，遂随口吟出两句——风吹露水落，疑是山雨来。未几，即成一诗，为合平仄，就有了改动，却反失了原味本色，因词害意，此又一例也，奈何！

# 马鞍山（三首）

## 一

万家炊烟飘两岸，一江碧水向北流。

征帆片片天涯去，要写人间好春秋。

## 二

马鞍山前碧玉流，春风无限一叶舟。

人间走遍故园在，山山水水任自由。

## 三

一鞭神骏春风里，四维山北长亭中。

题联友人今何在，愁思如水望星空。

注：一、马鞍山，城内夫夷水西岸，壁立千仞，下临无地。二、"一鞭"联为余好友邓星林为马鞍山巅长亭题。斯人已逝，亭联在目，感极成诗，以悼忘友也！

# 元宵雨水

迭至春风过大年，元宵雨水又一天。

念中明月团团意，雾里烟花簇簇妍。

滚滚江河流日夜，欣欣草木锦山川。

韶光正好织新梦，万里行舟到日边。

# 冬　至

漫天风雪任飞扬，万里神州降瑞祥。

雁雀山河翔上下，盈缩昼夜自阴阳。

添香红袖沙漏浅，携韵寒梅日影长。

便去天坛除旧岁，喜迎满眼好春光。

# 小　寒

但得阳气动，何惧小寒生。

雁去北国暖，鹊欢高树鸣。

竹枝摇碎玉，梅影弄黄昏。

煮雪诗茶乐，又赏月满庭。


# 入群感怀

群聊微信后，山居半如仙。

明月松间照，青泉石上暄。

暮吟竹窗雨，晓看碧云天。

更与随缘友，直登秀岭巅。

# 群中赛歌

一江春水放歌台,两岸山花相映开。

为有神州多壮丽,诗情滚滚自然来。


# 初登云麓峰

才辞白鹤泉,又上云麓峰。

拂袖动云霞,抬头触太空。

江流天际外,楼台烟雨中。

男儿当立志,忧乐万家同。

# 麓山行

书生风度正翩翩，秋水伊人亦华年。

并立枫桥观玉峡，频招白鹤饮名泉。

闲摘野卉春光美，肃拜灵台往圣贤。

更到麓山峰顶上，举头万里好云天。

# 老五班同学聚会登云麓峰

云麓又上三千丈，便看长沙百万家。

自愧青云坠壮志，且祈健腿走天涯。

江山代代有才俊，华夏年年感物华。

浩荡春风乾坤醉，新枝老树喜着花。

# 品茗望月楼

芳香细品洞庭春，山色湖光照眼明。
美景良辰谁是主，赏心乐事独偕君。


# 听女童吹笛

春风春雨送归人，又上重霄欲遇云。
夺魄摄魂惊大梦，原来天籁在凡尘。

# 大学同学聚会感怀（二首）

## 一

重逢漫道时光老，意气鬓毛不共衰。

好酒三杯添雅兴，人间万事弃尘埃。

风流旧事随心忆，得意新诗信口来。

有限人生多珍重，清风明月即蓬莱。

## 二

昔日同窗麓山下，今朝重聚湘水边。

佳人漫忆恍如梦，老酒微醺便是仙。

乱世曾经多惆怅，明时欣遇自悠然。

黄金但有三千两，便买苍岩扫石眠。

# 领舞者

亭亭玉立几妖娆，杨柳春风小蛮腰。
更有一双丹凤眼，柔情无限到眉梢。

# 游园偶遇

幽篁笛韵暗飞声，袅袅林荫遇行云。
相看几番识故旧，一声叹息诉离情。
相扶事业风兼雨，雅好文心诗与琴。
何期幸会归耕族，高山流水又新声。

# 文友小聚

## 一

山城正是秋光好,故地重游处处新。
白日盘桓山和水,良宵盛筵酒谐灯。

## 二

高谈每遇闻达事,浅酌且赏性情文。
我有诗心已半老,风光无限待后生。

# 致山城

城在山中山在城，山城是处有诗吟。
向阳大坝云烟锁，长乐渡头帆影频。
一水北流添盛气，二桥飞架助豪情。
涛声最是月明夜，旧梦依稀听鸟鸣。

# 杜甫诗阁

岳阳楼上几伤情，又驾孤舟湘水行。
日暮苍山天际远，身穷老病客愁新。
平生颠沛风吹浪，晚岁飘零雨打萍。
今日犹闻江水怨，呜咽北去载诗魂。

# 岳麓书院

自伴名山为芳邻，钟灵毓秀便精神。

一重岗峦一重翠，半入林梢半入云。

桃李春风华夏著，湖湘子弟神州惊。

江声日夜源流远，好教骚人话前因。

注：《岳麓书院》一诗具体写作时间不详，大约是20世纪90年代初笔者在省委党校学习时去看了复修后的书院写的。

# 谒七十三军抗日阵亡将士墓

名山有幸护忠魂，风雨无端几侵凌。

剩瓦断砖泣乱草，冷风残月窜流萤。

抗敌人爱江山重，报国心雄生死轻。

何日陵园除旧貌，一张正义吊英灵。


# 登湘中龙山岳平顶

龙山直上第一峰，正是遥天旭日红。

千里云烟来眼底，万家忧乐到心胸。

三湘杨柳起新舞，四水征帆显奇功。

明月清风何负我，男儿到此自豪雄。

# 谒湘中龙山药王庙

神医一代是药王，旧庙遗真又溢光。

学道终南耻捷径，穷经皓首究良方。

名山采药情何重，陋巷救人意更长。

更有千金济世久，绵绵后起续慈航。

注：千金，指孙思邈《千金要方》和《千金翼方》，为中医名著。

# 重登宝庆城陵矶亭外亭

当年意气登临后，一叶扁舟载酒行。

曾欲高天揽皓月，复思俗世净浮尘。

稍存文字酬知己，恨欠事功惠庶民。

似水豪情逐浪去，斜阳只望众山青。

# 大明湖　千佛山

如斯亘古几绵绵，遥映名湖佛老巅。

山有慈颜山不动，湖含深意湖犹渊。

灵根一簇泉城秀，弱水三千齐鲁仙。

知己人间长守望，丹心一片薄云天。

注：济南城内大明湖和千佛山遥遥相对，含情脉脉恍若山水知音也。

# 济南趵突泉

神州毕竟第一泉，入眼风光别有天。

香霭腾腾茶在煮，沉雷隐隐龙吟渊。

暑消盛夏冰盈泪，寒退隆冬霞似烟。

便晓柔情一万种，要奔人世润山川。

# 谒济南百脉泉李清照纪念馆

一尊独坐似悠闲，庭院西风拂面寒。

玉漱名泉留清照，香栖凤阁应易安。

文压塞北惊秋雨，词盖江南灿春山。

晚岁一曲金石恋，千秋日月映芳颜。


# 谒济南大明湖辛弃疾纪念祠

风流未共风云散，大梦长留天地间。

再整乾坤东南振，誓收河岳西北圆。

辞章豪放堪称霸，剑气凛然直指天。

到死男儿心似铁，文韬武略一稼轩。

注：辛弃疾《贺新郎·同父见和再用韵答之》："我最怜君中宵舞，道男儿到死心如铁。看身手，补天裂。"同父，即陈亮，南宋思想家，文学家。

# 游西湖晚归立湖滨

保俶塔尖彩霞尽，一轮明月又东升。

松岛传出千重啸，柳湖沉落万颗星。

烟波轻荡金蛇舞，游艇晚归歌韵新。

好景一时观未了，他年再向梦中寻。

注：1966 年 10 月中旬，笔者和三个同学到杭州，竟日游西湖，晚归立湖滨垂柳下，留影纪念。次年 5 月，霞山四友自编自印散文集《光辉的遵义》，笔者写了几篇散文，其中一篇就是《西湖游记》。1968 年回乡，初夏某日，重看照片，重读游记，复又作小诗如前。为保持本来面目，这次只换了几个重复的字，就原稿照发了。

# 登华山 (二首)

## 过苍龙岭

深渊万丈路羊肠,纵是猿猴也胆寒。

我自神闲且气定,清风相送又一关。

## 站在南峰

已觉到此红尘远,更上一层是天堂。

再好神仙浑不做,要返人世共炎凉。

# 抱玉泉

抱玉岩前抱玉泉，夏凉冬暖照蓝天。
千秋不断绵绵意，滋涌人间永乐年。

# 桃花溪

一溪流水汇潺潺，两岸缤纷芳草鲜。
游子归来花依旧，又当时雨二月天。

# 天山天池（二首）

## 冰　湖

崇山峻岭雪茫茫，浩渺冰湖耀日光。

此水安得洗污秽，人间处处是天堂。

## 道　姑

仙风道骨裹银装，似见瑶池王母娘。

玉女原来村姑做，一枕大梦醒黄粱。

# 水口山

桃花溪畔燕来庵，大树参天云自闲。
风雨几时囊括去，教人长忆水口山。

# 游潭柘寺

千年潭柘寺，隆誉满京城。
殿耸钟声远，林幽水流清。
云烟缭妙悟，木鱼送心音。
常在人间住，今朝洗秽尘。

# 荆岭人家

一道青山廓外斜，水边林下是人家。

闲来也赏云和月，忙里多为稻与麻。

大义男儿常刈刺，多情女子只栽花。

殷殷祖训真善美，走遍天下气自华。

# 晨　炊

一湾流水映朝霞，竹树环绕是我家。

袅袅炊烟初起里，芳香便送到天涯。

# 山 居

秋光艳艳桂花香，云淡风轻日月长。

闲看清溪漂落叶，漫吹短笛送斜阳。

兴来即读经三卷，悟到且吟诗两行。

名利已然心外事，篱菊我自赏芬芳。


# 小桃源

松排翠黛到山巅，飞瀑高崖泻玉泉。

短笛吟风牛背上，一湾流水小桃源。

# 野　兴

山静谷幽如太古，闲云野鹤共徘徊。
此中真意凭谁问，水自潺潺花自开。

# 山村向晚

高崖飞瀑树笼烟，流水小桥人自闲。
漫道长林能蔽日，斜阳一赴过山巅。

# 四月黄昏

新笋新茶豆亦新，乍晴似雨月黄昏。
不寒不暖西窗下，隔叶山鸡听几声。

# 深山子夜

远火寒山灭又明，月溪流韵去无声。
谁家犬吠浑如豹，一落碧天是彗星。

## 闲适之思

白云留我高岩上,山鸟依依溪水边。

野草闲花皆好友,粗茶淡饭梦犹甜。

## 野村乐居图

满院花儿次第开,清香一片沁心怀。

山溪流韵天涯去,明月临窗照面来。

# 八　月

农家八月满院香，打枣摘梨分外忙。
最是殷勤花季女，相帮总盼少年郎。


# 有客相访

池塘半亩水森森，云影天光乱泳鳞。
有客相访杨柳下，一蓑烟雨便扳罾。

# 小小书房

摇窗竹影净浮沉,曲雅琴俗亦好音。
狂草一幅壁上挂,恍然满室起风云。

# 闲 情

青山隐隐绕白云,天赐澄潭一镜明。
闲来便到潭边坐,静听游鱼戏水声。

## 山 行

一时雷电暗长云，我自踏歌且徐行。
已去此心身外物，任它风雨任它晴。

## 深 秋

一夕秋雨净浮尘，叶落梧桐也动心。
漫道流光浑似水，要迎十月小阳春。

# 稻香村

青峰岭下稻香村,茅舍三间结比邻。
白日山花娱倦眼,夜来流水送佳音。


# 黄叶村

秋水绵绵惜弱萍,朔风日紧暗长云。
霜林漫道红颜老,看我风光黄叶村。

# 月溪砧声

月影花溪暗,山深野火明。

砧声稀落里,念念盼归人。


# 九秋思乡

芦花正浩荡,绿水送行舟。

天际何辽远,思乡又九秋。

# 南湖夕照

依依杨柳水风凉,素手茉莉趁晚妆。
一笑嫣然人最忆,归来三月梦犹香。


# 茅店小坐

翻山越岭日欲斜,口燥唇焦眼冒花。
茅店一杯茶小坐,笑中又递大西瓜。

# 巴陵写生（三首）

## 一

春风杨柳束新装，细雨桃花淡淡香。

陌上芳华谁俏丽，邻家阿妹二姑娘。

## 二

芙蓉向日映曙光，阿妹南湖打渔忙。

网住晨星网住月，芳心更属少年郎。

## 三

西山红叶看经霜，又上层楼叹浩茫。

忽见乌篷天际去，愁思立马到潇湘。

# 少年往事（三首）

## 一

秋风落叶满山岗，哥自砍柴妹放羊。
树下闲来排排坐，都说丹桂好清香。

## 二

风也柔来花也羞，行云溪水两悠悠。
晚归扶妹牛背上，赶着黄牯当马游。

## 三

乡村四月喜插田，哥插中间妹两边。
插到田头迎面笑，一笑击破水中天。

# 放排资江(三首)

## 一

阿哥结伴去放排,阿妹送行到高岩。

一路野花切莫采,益阳交货就回来。

## 二

险滩又遇鹰愁岩,浪打排散人号哀。

想到阿妹不能死,死也闯出活路来。

## 三

晓行夜宿八百里,逆水回程也开怀。

新买蝴蝶夹一对,到家给妹戴起来。

# 山居系列

## 之一

久困樊篱内，一朝自在身。

楼头观皓月，岭上看白云。

酒好花含意，茶香鸟逗人。

但得今日乐，终老愿此生。

## 之二

平明茅舍起炊烟，汲水清泉古涧边。

高阜云山纳爽气，芳邻把酒话来年。

焚香展读西窗下，荷锄莳花东篱前。

对月诗吟三两首，恍然便是半神仙。

## 之三

楼靠青山绕彩云,盎然兴趣读坛经。
倦来便卧竹窗下,闲听流莺一两声。

## 之四

一脉青山廊外斜,炊烟袅处是吾家。
风光不老三春后,迎客常开四季花。

## 之五

多放辣椒少放盐,荤素不论要时鲜。
芳香最忆柴火饭,母爱深深在里边。

## 之六

风波历尽便回家,不看兵书只养花。
昔日友人来探望,清泉一罐煮新茶。

## 之七

闲来溪畔候明月,兴到林中扫不眠。

长啸一声千山应,桃花流水别有天。

## 之八

心安茅屋三间稳,性喜菜根四季香。

世事纷纷静里见,人情淡淡味怡长。

## 之九

老翁倚杖柴门下,笑指残阳懒懒西。

牛背笛声归来晚,月光如水映前溪。

## 之十

绿水青山照眼明,新屋恍似别墅群。

村村通有水泥路,时见私车亲彩云。

## 之十一

悠游嬉戏水河清,白鹭池塘觅食频。

我爱鱼儿又爱鸟,虽无取舍也关情。

## 之十二

一谷松风清听远,满山红叶染层林。

白云缱绻堪吾友,明月中庭自照人。

## 之十三

桃花溪畔柳丝长,垂钓自家小池塘。

鱼篓半天空犹乐,一抡扔去钓斜阳。

## 之十四

冷暖人生任冷暖,炎凉世界自炎凉。

人老正应为看客,悠悠岁月安而康。

## 之十五

天涯流水会漂萍,除却老家不是根。

山居初尝莼鲈味,乡情一片谢知音。


## 之十六

一带青山雨后龙,放歌群里自豪雄。

多情最是西窗月,隐隐书声照梦中。


## 之十七

偶得佳句忙忙记,闲看山花红红香。

黄叶枝头何静美,淡烟流水自悠长。


## 之十八

丹桂翠竹清水塘,青山正好补缺墙。

虽无奇异花和草,瓜果也有四季香。

## 之十九

何妨栋宇换茅屋,叠石为阶亦坦途。

但教红尘名利远,溪声一枕睡而足。

## 之二十

一池清水一园花,一道残阳一片霞。

一室茶香诗会友,一窗明月醉天涯。

## 野　翁

心安茅舍胜天堂,性喜餐餐菜根香。

我有知音情意好,淡烟流水即仙乡。

## 归饮老家

告别邵州日，归饮红叶楼。

两行洒故土，一醉众山秋。

## 商家子

何处鸡鸣三两声，怡园便亮一盏灯。

商家漫道常言利，也有潜心苦读人。

# 观怪风有感

赫然一道是怪风，走石飞沙暗苍穹。

许是天公扫浊世，要催和谐万方同。

# 惜女排败于意大利

横滨会战秋光好，华夏女排志更坚。

一路拼杀何懈怠，几番落后又超前。

曾经沧海也为水，但有奇峰再登巅。

胜败一朝寻常事，风云际会看来年。

# 山区惑农

皇粮不要有奖金，自种自收又自营。

何事田园高长草，老天有泪应淋淋。


# 七律·送瘟神

正逢华夏贺新年，讵料瘟神疯又癫。

一帅祭出降魔杖，三军挥动逐妖鞭。

科技有灵传喜讯，爱心无限系黎元。

浩荡东风污秽净，人间仍是艳阳天。

# 送人北归

## 之一

万里冬生早到家,现代交通实堪夸。

此心犹念岳阳子,计程也应过长沙。

## 之二

才辞宝庆归长沙,忽道又回岳阳家。

几日登轮京华去,山高水长望天涯。

## 之三

八月洞庭风乍凉,送君我不话离伤。
高山流水通南北,明月清风仍一乡。

## 之四

香山红叶几经霜,一派陶然是慈航。
此心难忘洞庭水,岁岁他乡即吾乡。

## 之五

跋山涉水向天涯,慈航又开大爱花。
我心恰如星追月,伴君一路到京华。

# 赠衡阳唐冬生

潇湘大地一书生，品性风姿天赐成。
量若洞庭分秋色，势争衡岳压冬云。
半凭才气半刻苦，一谈富贵一秽尘。
最是柔情藏敖骨，晓风杨柳月窥人。

## 重阳步韵答衡阳唐冬生

秋风秋雨送秋凉，枫叶如丹桂亦香。
昨夜何期也好梦，思君偕月到衡阳。

### 附：冬生诗·重阳

秋风已过天渐凉，黄染枫叶菊花香。
遍插茱萸尤思友，结伴群雁归衡阳。

# 重阳寄语

诗赋重阳酒一杯,书生意气又登台。
此心忽念关山远,鸿雁何时此地来。

# 秋　思

山居昨夜起秋风,遥念衡山叶飞红。
何期南下三万里,却在片时幽梦中。

# 赠湘中梁万长

弟是湘中俊逸才，闻名豪气亦同来。

长风万里飞作浪，壮志一朝蓄在怀。

慧眼不因花缭乱，丹心只共书徘徊。

如椽更有笔一管，挟电裹云伴迅雷。


# 致梁万长

麓山一别四周星，半老书生遇圣明。

华夏从来多伯乐，人间哪会少王伦。

热情最应付宏愿，冷眼也须看小人。

但有丹心昭日月，长风万里扫浮云。

注：1980年11月13日，接万长来信，知其受妒，心甚不快，遂回信并附此诗，以为互勉也。

# 母校西迁答云学

母校西迁到异乡，君有感慨我亦伤。

霞山明月五峰秀，潭水苹草四时香。

世事与时常俱进，春花遇雨更芬芳。

人生但有真情在，山自高高水自长。


# 赠长沙曹特洪

幽香一簇映芳丛，枫叶如丹照嫩红。

浅笑秋光浑丽丽，呢喃春色正融融。

才华每使须眉醉，品情直和莲荷同。

暗恋书生今尚在，叨叨犹自梦言中。

## 学琴·赠邝爱芳

老来无事一身轻,便拜名师学奏琴。

敢望高山流水意,且抒人世乐忧情。

柔肠漫道空为泪,铁棒终将磨做针。

自信人生三百载,梅开二度又逢春。


## 致曹特洪苏州之行

香山红叶几经霜,浪迹江南又苏杭。

如画风光人自乐,芳心时应到天堂。

# 深秋即景赠友人

霜林灿灿艳如云，秋水绵绵惜弱萍。

即使一场风雨后，缤纷依旧胜三春。

# 赠陈景慧

陈庄碧水柳含烟，景绘廊中走画船。

蕙质兰心人俏丽，好风时雨正当年。

# 戊戌腊日致陈景慧

似水流年驹过隙，京华几度又嘉平。

老家常忆腊八豆，新居喜迎故旧人。

雅兴时来风月赋，高怀一往孟母情。

寒冬已到春何远，锦绣田园乐再耕。

注：嘉平，腊八节别称；旧时农村有腊八节喝腊八粥、煮腊八豆的习惯；陈景慧微信名腊八粥，现居京华助儿女繁忙，其时，亦乔迁新居不久。

# 贺树槐学兄古稀华诞之喜

书院明堂一少年，天资聪颖谓时贤。

才华每教蛾眉醉，品性直同冰雪鲜。

孤诣苦心成正果，春风桃李灿新天。

于今高卧东山里，又赋潇湘云水篇。

# 赠长沙朱碧云

## 一

师院当年初识君，碧柳默默映溪云。

德行每自蹈高迈，学问终归惜寸阴。

桃李春风花千树，丹心事业月一轮。

征帆又念鹏程远，更到天涯助后生。

## 二

篱菊灿灿映碧云，流水一湾几绝尘。

重聚秋光尚未老，还迎十月小阳春。

注：2019年国庆，碧云同学自广州回长沙，邀于10月2日小聚双秋、韶红家，余因事已回邵阳，故以此诗记其事并致歉意。

# 赠王启明

## 一

记得昔日初识君，文静木讷一后生。

常有华章酬知己，复多美意乱芳魂。

坎坷岁月戏中过，绚丽人生淡里寻。

便道此心得妙悟，由它风雨由它晴。

## 二

麓山枫叶似花红，海晏波宁漾漾风。

今夜蟾宫喜共望，乡思一片两心同。

## 三

老酒一杯复一杯，当年意气醉情怀。

此心遥念江河远，扁舟一叶盼归来。

注：王启明，余霞山四友之一，教过书，当过县剧团编剧，曾任县文化馆长，为湖南省戏剧家协会会员。

# 赠张正保

## 一

蜿蜒飘荡万山中,过县跨州展丽容。

一叶乌篷诗与画,千帆竞渡快哉风。

柔情每涌桃花水,岸柳也携杜鹃红。

便赴洞庭添雅量,无边浩瀚自豪雄。

## 二

秋光艳艳羡霜林,鸟语声声似唤人。

淡烟流水浑自乐,愁云散尽又逢春。

注:张正保,余高中同学,霞山四友之一,终身从教,中教高级,诗文俱佳。

# 敬赠李争光先生

家住苍茫云水间，潇湘才子自翩翩。

戍边纵马快哉事，育李培桃得意篇。

飞泻豪情千寻瀑，竞芳词采四月天。

丹心最是春常在，更驾轻舟向日边。

注：李争光先生，井冈山大学教授，诗人、作家，余内子老师，交往四十余年，余亦执弟子礼，年来授余诗，获益良多也。

# 观音下凡日致冬生

观音今日下凡尘，便有春风到瑞庭。

杨柳枝挥烟霾去，书生意气又凌云。

# 赠陈云学

家住绍田资水边，求学时应正华年。

风流文采知音赏，壮志宏遒伯乐怜。

故土且留立足地，贵州更创展翅天。

还乡自不夸衣锦，风雨无边谈笑间。

注：陈云学，霞山四友之一，高中毕业后，回乡务农，当代销员，备受艰辛，怀才不遇，后携娇妻赴贵州，入某国防工厂子校教书，中教高级退休。

# 重阳忆人

喜赋重阳酒满杯，书生意气又登台。

此心忽念关山远，鸿雁何时北地来。

# 赠刘和平

秀色五峰来天外，金江湖畔是刘家。

才情每使蛾眉醉，书院多培桃李花。

入仕不辞沧浪水，修史岂负工夫茶。

于今自享天伦乐，也向东山事黍麻。

注：刘和平，余高中同窗好友，先教书，后从政，曾任县政府办副主任。

# 饯　别

楼台近水晚风凉，杨柳依依别意长。

漫品一杯何感慨，且甜且苦又芬芳。

# 赠唐畏保

一朝雨洗田园净，便为摸爬滚打身。

夜读常对西窗月，躬耕每望陇头云。

潜心佳构朝天乐，呕血青史县志成。

晚岁好诗吟朗后，东山高卧谢天恩。

注：唐畏保，吾好友，地主家庭出身，小学文化，自学成才，所著戏剧《乐朝天做媒》获文化部银奖。曾任县祁剧团编剧，县志主编。

# 偶　思

春花秋月语，似水如云心。

谁辞其中味，天涯尽比邻。

# 赠岱松居士（二首）

## 其一

原来造化有深意，又见幽松几绝尘。

欲遣悲怀究真谛，岂借好风上青云。

不惧慈航江海远，每寻玄妙野山深。

长歌一首起天宇，遍地缤纷是落英。

## 其二

每观野鹤逐闲云，即忆古今方外人。

阔额慈颜团若月，长发慧眼疾如鹰。

超然名利浮云外，醉尔山林品性淳。

虎啸龙吟知何在，如山一默亦雷霆。

注：岱松居士，余忘年交。其高中毕业，为落榜青年，愤而自学成才，好佛，以禅入诗，诗文俱佳。

# 山居　答人

云闲风静看余霞,涧水流香惜落花。

一串笛音来妙处,半羞人面是谁家。

荆山似尔怀抱玉,雾岗戏余眼着沙。

无奈人生当自乐,诗书琴韵娱年华。

## 小聚题照

峥嵘岁月忆华年,十里春风湘水前。

重聚南国花依旧,人间犹是艳阳天。

注:2018 年 11 月,湖南师大中文系七三级老五班
的同学小聚深圳题照诗。

# 为曹特洪祖孙题照

平生不恨长安远，却到京华助繁忙。

便有人生天伦乐，淡烟流水亦安详。

# 为曹特洪京郊秋游题照

秋光烂漫夕阳红，踏遍青山兴未穷。

小坐农家柿树下，笑指头上挂灯笼。

# 为邝爱芳游园题照

霜风好似浴春风,满面春风花映红。

但教芳心永不老,朝朝秀丽翠园中。


# 为邝爱芳公园演出题照

当年意气又飞扬,喜换红装便上场。

绣口一曲《红灯记》,余音三日自绕梁。

# 为贺忠员、邝爱芳游梅园题照

毕竟南国有丽容，大寒犹自漾春风。

佳人才子同一笑，雪里梅花分外红。


# 望月　为随缘祖孙题照

日落西山归鸟尽，隔墙丹桂送清香。

抱中童稚何识月，但指一轮白玉盘。

# 霜霜小姐题照

坎坷何惧雨兼霜,过眼烟云名利场。

古寺一朝清净里,此心径自到天堂。


# 为巴陵四姐妹汉口古德寺留影题照

踏浪重湖尚未忘,黄鹤又驾重苍茫。

礼佛古寺留倩影,一派祥和向日光。

# 赏竹柏题照

盎然四季气凌云，品性青竹翠柏邻。
我欲芳枝摘一把，偕君共赏玉堂春。


# 为同窗京华寓所合影题照

毕竟当年姐妹情，天涯海角也相亲。
京华乐居风光好，又看青山绕彩云。

# 题照（三首）

## 油菜花开

蜂飞蝶舞乱团团，灿灿春光郁郁香。

谁遣金黄花似海，芳心直欲到天堂。

## 坐观苍茫

遥山近水几苍茫，隐隐秀峰接日光。

心事无边天际远，高崖独坐看苍茫。

## 王风骤起

王风骤起云飞扬，便亮东隅照大荒。

我欲展翅重云九，红霞一朵映天光。

# 为湘女题照

在山泉水清,明月正中天。
雨洗秋空净,澄潭一镜悬。

# 寄　人

山遥水远话衷肠,老酒开坛扑鼻香。
谢女来生诚再是,芳心依旧暖檀郎。

# 记梦致启明兄

适才一梦到山城,作对吟诗在水滨。

许是年兄神与助,挥毫泼墨起风云。

## 附:启明回诗

年高最易动真情,梦绕魂牵到古城。

天涯海角心自许,吟诗作对快平生。

# 秋思寄人

一日秋风一日凉，秋思秋雨两茫茫。

霞山明月常入梦，潭水苹花自在香。

坎坷营事成大道，甘辛尝遍仍刚强。

于今且享天伦乐，云淡风轻韵味长。

# 致某君

从来天意怜幽草，自古人间重晚情。

君正夕阳无限好，言何惆怅近黄昏。

# 赋诗南北同乐　赠诸同学

南疆丽日几娇娇，冰雪北国竞妖娆。

微信聊向千里远，芳心无虑自逍遥。


# 赞港珠澳大桥　赠易小平同学

谁持彩练下重霄，云海苍茫架大桥。

才使牛郎织女见，诗情热泪便滔滔。

# 翠亭品茗

莲荷摇风月正斜，新亭对座品茗茶。
何时再到柳湖去，鬓角有簪茉莉花。

## 附：友人答诗

柳湖细浪荡云霞，林茂溪清人几家。
翠苑明春三月里，偕君对座品香茶。

# 送君南浦

洞庭春草水连天,南浦送君意绵绵。
此行一去三千里,长使萧郎念旧缘。


# 送　别

一窗夜雨瘦梨花,送别平湖细柳斜。
幸得檀郎为晓燕,春明又到旧时家。

# 无　题

## 一

水远山遥若许年，几回幽梦到窗前。

何期相遇秋风里，依旧人间四月天。

## 二

月色悠悠又到窗，院中玫瑰自芬芳。

今宵听君一席话，坐处要留三日香。

## 三

梦里我心随梦去，我心梦醒未能还。

梦醒梦云何时尽，蓬莱巫山枉断肠。

# 四

襄王神女难相逢,也忆巫山十二峰。

弱水漫言三万里,蓬莱一念到心中。


# 五

君每痴守西窗月,我愿苦吟东隅诗。

何期共戏潇湘水,更话吟诗守月时。


# 六

道是无缘却有缘,麓山四十二年前。

添香红袖莲池月,供眼霜林白鹤泉。

别后相思空怀恨,重来执手只无言。

幸留一页丹青在,好写潇湘云水篇。

# 寄　远

## 一

柳湖别后又多时，地北天南一念知。

何日潭州重聚首，麓山红叶再题诗。

## 二

夜来一梦到京华，红叶西山灿若霞。

何日星沙同饮水，麓山再上笑摘花。

# 赠内子

山行六七里,朗吟数首诗。

归座西窗下,相看两心知。


# 致内子

你若不明莼鲈意,查查百度自然明。

人生学习须勤快,莫为聪明误一生。

注:与内子对诗,因其不知"莼鲈之恩"的典故,故打趣此诗。

# 和内子

写诗也如唱山歌，一坡爬来又一坡。
一直爬到山顶上，原来万里好山河。

## 附：内子和诗

忙忙碌碌把书翻，勤勤恳恳写诗篇。
山村美景观不尽，胜过天上半神仙。

# 赠黄柯

生来便为掌中珠,万般玲珑看不足。

两道蛾眉轻扫月,一泓秋水净如许。

呢喃每惹梁飞燕,巧笑常惊雨落竹。

但愿春风长为护,芬芳天下是吾嘱。

# 赠问问

资水泱泱映彩霞,渔舟唱晚乐无涯。

谁家小妹何靓丽,高庙潭边紫薇花。

# 为黄渤南山之行题照

确是翩翩一少年，也挥彩笔写山川。
兴来犹道小男子，轻骑一鞭到峰巅。

# 为甜甜麓山赏枫题照

霜风不怕当春风，枫叶童颜相映红。
雨露阳光得大爱，便挺秀丽翠园中。

# 又见桃花组诗

## 一

皎然一簇意盈盈，云淡风轻亦醉人。

邂逅何期明月夜，绵绵只诉未了情。

## 二

一枝简静又轻灵，楚楚风姿天赐成。

恍若名门初嫁女，又如福地洞天人。

## 三

万紫千红满天霞,斗艳争奇枉自夸。

且看诗经三百首,开篇礼赞是桃花。

## 四

落英流水草妍妍,福地洞天半为仙。

但有心灵真善美,人间处处是桃源。

## 五

一别麓山四十年,重逢能不忆前缘。

桃花正是芬芳日,伴尔吟诗湘水边。

## 六

当年一别满天下,随处安心便是家。

重聚看花皆旧面,都说旧面似新花。

注:这是为湖南师大老五班女同学聚会的题照诗。

# 七

竹马青梅两不猜,樱桃一树傍溪栽。

春风化雨何其骤,情窦初开花亦开。

# 八

芳华灼灼映溪云,高迈何敢委秽尘。

风雨四十年后见,依然靓丽似新春。

# 九

毕竟又逢丽日融,一枝最喜是深红。

为怜娇艳愁风雨,天地一拥大爱中。

# 又见桃花章

## 一、沧浪碧桃

橹声欸乃月明中,沧浪碧桃漾漾风。
今夜浅吟伴玉笛,明朝豪唱大江东。

## 二、山中碧桃

许是幽人带露栽,风风雨雨系柔怀。
凭他寂寞长安远,艳艳一枝向日开。

## 三、檀郎谢女

娇然一簇正芳华,茅舍竹篱是谢家。
沉醉檀郎留恋甚,逢人却道看桃花。

注释:檀郎,晋代潘岳,小名檀奴,姿仪美好。谢女,晋代谢道蕴,聪慧过人,代指才女。檀郎谢女指才貌双全的夫妇或情侣。

# 四、息夫人

万般无奈适楚君,一簇桃花两地春。

尴尬谁怜楼外月,敢抛旧爱照新人。

注:息夫人,战国时陈国君主陈庄公之女,嫁息国国君,为息夫人,后为楚文王所占。三年不笑,痴念旧人。息夫人为战国四大美女之一,有"桃花夫人"别称。

# 五、莽夫意气

智者见智仁见仁,诸葛青莲两绝伦。

漫道二桃杀三士,莽夫意气惜亡灵。

注:"二桃杀三士"是一个有名的借刀杀人的故事。对此,诸葛亮的《梁甫吟》看到了"智",李白的《惧谗》却抨击的是"谗",呼唤的是"仁"。

## 六、悼杨玉环

风华绝代自天成,明皇亦非轻薄身。

何乃魂消马嵬驿,却为长恨梦中人。

## 七、天台仙踪

桃花引路到天台,旖旎风光似柔怀。

仙境一辞踪迹杳,刘阮无计再重来。

注:南朝刘义庆《幽明录》载:汉明帝永平五年,郯县人刘晨、阮肇同入天台山采药,迷不得返,得桃花引路遇仙女,偕乐半载,还乡时子孙已历七世。复上天台寻故,杳无踪迹也。

## 八、武陵憾事

从来奇遇有奇缘,美轮美奂美似仙。

可恨桃源难再觅,武陵憾事大如天。

## 九、桃叶渡

秦淮风月总如春，天赐王郎玉石心。

一叹千秋桃叶渡，谁解迎送是何人。

注：王郎，指王献之，王羲之第七子，与乃父在书法史上并称"二王"。桃叶渡，南京秦淮河上一渡口，传说王献之常在此迎送小妾桃叶，但有研究者认为，王献之心痴恋的是被迫离婚的结发妻子——才女谢道茂。

## 十、致崔护

人面桃花欲断魂，去年今日系三生。

一去佳人谁恋尔，万古伤心未了情。

## 十一、致李白

倜傥风流美少年，才华横溢号谪仙。

桃花我若开一簇，便遣幽香几案前。

## 十二、致黄巢

春花秋卉不同时，落第男儿也应知。
纵使他年侬为帝，菊桃共放未可期。


## 十三、赞刘郎

玄都观里好风光，两咏桃花两度狂。
傲骨铮铮何伟岸，千秋盛赞是刘郎。


## 十四、致元稹

才子常多薄幸名，佳人不乏水晶心。
桃花解语西厢怨，谁是怜香惜玉人。


## 十五、赞莺莺

大唐气度女儿身，敢爱风流不恨人。
薄幸郎君随尔去，山清水秀我犹春。

## 十六、致唐伯虎

桃花庵伴姑苏城，流水轻烟漾漾春。

潦倒半生知己在，才华自不负佳人。

注：唐伯虎前半生风光无限，后半生却极其潦倒。晚年筑桃花庵于苏州金昌门外的桃花坞。亲友云散，唯一爱妾相伴。


## 十七、赞刘备

桃源盟誓刘关张，一诺男儿志益昂。

仗剑伐吴诚憾事，千秋义气断人肠。


## 十八、李香君

秦淮八艳李香君，玉石情怀水晶心。

碧血桃花开烂漫，愧杀多少大男人。

## 十九、致黛玉

伤心最是动真情,零落群芳谁惜春。

风雨潇湘无尽怨,千秋泪下桃花行。

注:桃花行,即《桃花行》,七言古诗,见《红楼梦》第
七十回,为林黛玉所作。诗以桃花喻人,塑造了一个孤
独、忧愁、哀怨、伤感的少女形象。


## 二十、哭黛玉

姻缘由命不由人,恨透骨髓伤透心。

一段风流花葬去,感天动地泣鬼神。


## 二十一、桃花江

桃花人面两芬芳,碧水一江送异香。

明月清风能助我,不辞长做打渔郎。

## 二十二、桃花岛

三千弱水绝红尘，一苇乌篷载酒行。

我若有缘为岛主，人间便送四时春。

## 二十三、赠桃

天生丽质千般好，一笑能消万古愁。

乐为人间添胜景，也偕诗酒助风流。

## 二十四、再赞刘郎

花开花落自从容，潦倒依然唱大风。

指点江山千古事，豪情万丈见英雄。

## 二十五、再赞刘备

死生情义重，何惜霸图空。

千古帝王里，谁人与尔同。

# 读《诗品二十四则》

　　司空图,晚唐诗人,诗歌理论家,其《诗品二十四则》是诗歌史上的重要著作。所说二十四则,实际上是诗歌创作的二十四种境界,同时也是二十四种方法。我今夏某日,闲来无事,乱翻旧书,又读《诗品二十四则》,忽心血来潮,就写了一组读后感之类的律诗,也是二十四首。

## 一、雄浑

天风浩浩旗玄黄，意气三军自飞扬。

万里澄江流日夜，千秋岱岳笼苍茫。

孤烟大漠天池月，烽火长城山海关。

一派豪情抒壮志，沉雄奔放亦汪洋。


## 二、冲淡

独坐冬阳里，神情倍安详。

碧空游白絮，溪水响幽篁。

诗吟阶前叶，书抛户下床。

恬然人自乐，天地任沧桑。


## 三、纤浓

两岸花迷眼，一溪流水香。

风梳垂柳媚，雨洗众山欢。

新燕晴空舞，晓莺软语忙。

兰开幽谷里，佳丽赏芬芳。

## 四、沉着

自信人生总有缘，由缰信马过前川。

千江有水千江月，万里无云万里天。

人去楼空楼仍在，风来月到月无边。

但得小醉常称妙，大梦何必要遇仙。

## 五、高古

落英流水恋秋云，恍入桃源学避秦。

四季好花无俗日，三间草舍有芳邻。

长空雨后澄澄碧，晓月风前朗朗明。

夜半钟声传逸韵，吟来高致别样新。

## 六、典雅

桃花照眼门前水，翠色逼人山不孤。

琴韵随风飘更远，茶香带露味犹余。

吟诗作赋岂辞酒，探妙谈玄总在书。

最是草庐经宿雨，翩翩岚霭漫天舒。

## 七、洗练

沛然秋雨后，一浴众山青。

朗朗潭中月，疏疏岭外星。

归鸟惊飞远，孤云独与亲。

浩叹复长啸，弦歌又几声。

## 八、劲健

黄河九曲终入海，万里长江势若虹。

临事谢安多静气，观涛孟德自豪雄。

沉郁顿挫杜工部，慷慨激昂陆放翁。

纵使风平浪又静，也藏澎湃匿蛟龙。

## 九、绮丽

万紫千红四望同，泱泱春水映长空。

画桥锦绣烟竹外，楼殿参差浩月中。

路有娇杨堪系马，枝摇妖杏漫迎风。

人间绮丽非常韵，尽展芳华意态浓。

## 十、自然

才放寒梅便绝尘，水边林下自然春。

莲塘鱼戏多真趣，草舍燕归念故人。

日出江花香有色，夜来好雨润无声。

凭他汲汲求秾丽，天籁从来是妙音。

## 十一、含蓄

不着一字风流甚，道是无声胜有声。

惜别回眸情脉脉，重来执手泪盈盈。

良朋漫道三分话，知己全抛一片心。

寺隐深山僧负水，过墙红杏满园春。

## 十二、豪放

仗剑横天走，豪情唱大江。

心雄吞六合，气盛并八荒。

立马吴山脊，枕戈楚地床。

一呼风浩浩，四海水茫茫。

注：一、六合，指上下和东南西北，即天下。李白《古风》诗：秦王扫六合，虎视何雄哉？二、八荒，即八方，亦指天下。贾谊《过秦论》——秦孝公"囊括四海之意，并吞八荒之心"。三、立马句，金朝第四位皇帝完颜亮志欲南征灭宋，统一天下，有《题临安山水》诗——万里车书一混同，江南岂有别疆封？提兵百万西湖上，立马吴山第一峰。四、枕戈句，用枕戈待旦成语意。《晋书·刘琨传》云"吾枕戈待旦，志枭逆虏。"刘琨，东晋力主北伐，收复河山的名将。

## 十三、精神

无边风景总宜新，生意盎然照眼明。

五岳寻仙人不老，三山采药草犹灵。

经天日月重霄远，行地江河柳岸春。

我欲自然成一体，风花雪月自精神。

## 十四、缜密

新燕隔年去又回，山花烂漫动情怀。

闲云野鹤秋山静，茅舍竹篱小妹乖。

蒂落瓜熟人乐乐，渠成水到浪排排。

原来造化有深意，好教诗人仔细猜。

## 十五、疏野

夜夜心安茅屋稳，餐餐性定菜根香。

纷繁世事静中见，欢愉人情淡里长。

四季花开还凋落，一川风定又飞扬。

我凭气质鸣天籁，秋水长天两茫茫。

## 十六、清奇

风雪凌空舞，一枝梅透春。

澄潭秋月朗，大道圣心淳。

玉笛高楼远，梵音古寺清。

寒山稀鸟语，流水送佳音。

## 十七、委曲

平铺直叙逊华章，水绕山环韵味长。

曲径通幽来妙处，凌寒疏影夺天香。

一鞭老马行复住，三叠阳关别亦伤。

委婉绵延难尽绘，且随大道自圆方。

## 十八、实境

临山摹水自然工，写意随心要放松。

春月桃花秋月桂，三更灯火五更钟。

心中有事说心事，道里堪穷任道穷。

是处人间藏奥妙，赤诚一片总相逢。

## 十九、悲慨

层林木秀恶风来，自古忠奸总共台。

虽有清明张正义，奈何肖小祸良才。

惊人事业付流水，似火豪情化冷灰。

道是丹心昭日月，长风何处净尘埃。

## 二十、形容

妙在随心写性灵,形神兼备自天成。

风光四季常为异,忧乐千家总系情。

黄鹤白云晴日丽,淡烟流水雨溪春。

形容原本寻常事,描尽天然便是真。

## 二十一、超诣

晓风杨柳岸,新月照斯人。

浅唱且斟酒,停舟又起罾。

一篙犹自乐,万事不忧心。

流水千山外,悠悠天地情。

## 二十二、飘逸

俨然天外客,寂寞不同群。

唳唳云间鹤,悠悠岭上云。

一舟行丽水,千里绝红尘。

自在谁如尔,仙风道骨人。

## 二十三、旷达

东西南北千条路，信步闲庭万里行。

旷地高天随俯仰，轻舟碧海任浮沉。

是非一念何忧己，毁誉千般便任人。

无酒今宵犹自乐，吹笛依旧到天明。

## 二十四、流动

清溪明月夜，汩汩倍相亲。

因地常为态，随形又有声。

渔舟莲叶动，浣女玉颜春。

流水行云意，天涯送妙音。

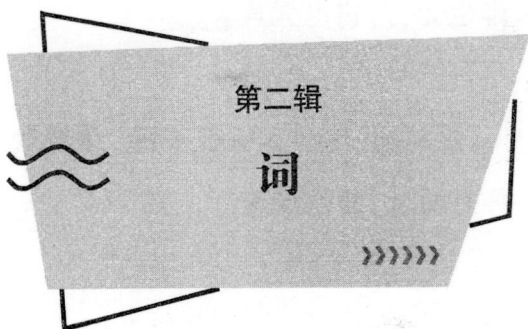

第二辑

词

# 南乡一剪梅·怀秋寄人

　　随意荡小船，一派秋光水连天。且向芦花<u>丛</u>里去，诽也无言，罚也无言。

　　半日做神仙，恍如天堂在人间。漫道晚霞追薄幕，你意流连，我意流连。

# 南乡一剪梅·招耒阳子

春风小楼台,院中花儿次第开。寄语寻情耒阳子,闲也要来,忙也要来。

浅酌莫贪杯,对座品茗亦悠哉。过眼烟云脑后去,成自开怀,败自开怀。

# 南乡一剪梅·共宝庆友人相招

　　阶石上青苔,老树庭前花盛开。宝庆小子等着你,睛也要来,雨也要来。

　　泉韵净尘埃,慢品夕阳茶一杯。笑指西山无穷丽,你自开怀,我自开怀。

# 踏莎行·七昔

　　风雨登轮，京华北去。几曾望断天涯路。楼头落日树笼烟，此情更向谁人诉。

　　银汉迢迢，鹊桥怎顾。相思一片拦不住。澄潭又见秋月朗，翩翩清影长为驻。

# 沁园春·五十初渡

望江楼头,帆影点点,资水滔滔。喜冬去春来,万物更生,风梳垂柳,雨染艳桃。犁翻乌浪,汗洒沃土,锦绣蓝图任勾描。展宏猷,奔小康路上,人欢马叫。

莫以韶光易肖,有丹心一颗人不老。念平生所爱,甘心做牛,攒劲背犁,本分吃草。林中小溪,轻舟一叶,要去东海添波涛。征途上,任风急浪涌,我自逍遥。

# 忆秦娥·轻离别

轻离别,中秋渐近西窗月。西窗月,眼中流泪,内心滴血。

十年恩怨今朝结,平生一骂狠心贼,狠心贼,抛妻别子,恨如何灭。

# 临江仙·答邝爱芳

流水一湾枫岭下，白云茅舍红尘。书生半老遇清明。负笈宝庆府，喜进岳麓门。

三载同窗君未识，今结微信缘分。清词丽句道余心。林溪思旧土，乐灌故园春。

# 临江仙·春雨

　　道是桃花宜细雨,伞儿何又乖张?漫说艳艳爱春阳。小舟荫柳下,独自看苍茫。

　　万里殷勤风送讯,那堪紧闭竹窗。寻仙恨不效刘郎。彩云毋薄幸,明月待西厢。

# 满江红·草庐赏雪

玉宇琼花，满天下，飘飘洒洒。抬头望，山隆川溢，大河音哑。一派晶莹浑似玉，长空鹚眼开还眨。喜甚矣，万里好河山，真如画。

风云变，冬雷炸；我有道，人欲霸。具家国怀抱，总须牵挂。漫道西园能种树，位卑也自忧天下。诚儿郎，大梦记心中，兴华夏！

# 踏莎行·贺邝爱芳、贺忠员
# 结婚四十二周年

丽日蓝天,平溪清浅。依依杨柳东风软。谁家新燕弄睛岚,迎春花开何娇艳。

伉俪情深,人生路远。高山流水些些愿。回首往事畅心怀,夕阳更赋青山恋。

# 临江仙·海棠

一片芳心浑不吐，含情脉脉从容。盛开烂漫映绿丛。幽姿能解语，淑态几玲珑。

连番骤雨春不护，何乃薄幸匆匆。流光随份褪残红。天生存丽质，依旧笑东风。

# 临江仙·海棠花月下

　　薄暮溪风飘柳絮,翻飞归燕轻盈。小桥流水浸疏星。海棠花月下,无语也销魂。

　　聚散人生谁讵料,天涯海角伶仃。几回梦里唤娉婷。韶光斟美酒,一醉舞新晴。

# 踏莎行·怀远

时近清明，惠风和畅，蜂飞蝶舞春光乱。香溪一带好浣纱，梨花两岸欣欣放。

美景撩人，也生惆怅，去年今日何能忘。晓风杨柳送征人，关山万里芳心上。

# 江城子·梦里木兰香

　　芬芳桃李老祠堂。青山下，小河傍。常忆师恩，梦里木兰香。沥血呕心浑不顾，非骨肉，胜爹娘。

　　无端风雨几猖狂。辱斯文，乱纲常。一笑冤仇，余热又昂昂。尽瘁鞠躬留懿范，山默默，水长长。

# 鹧鸪天·桐子花

　　漠漠轻寒柳色新，流莺乱舞也精神。故园好景常相忆，满岭桐花照眼明。

　　风细细，草青青。声声布谷唤殷勤。农时每惜三更雨，要换平安一院春。

# 鹧鸪天·桐子粑

落尽桐花日影长,流莺乱燕两猖狂。忽觉惆怅年来甚,独立黄昏欲断肠。

山叠叠,水茫茫,恍然一梦到故乡。慈母知我儿时爱,桐叶粑粑口口香。

# 沁园春·咏麦花

　　一望平畴，碧浪无边，丽水浩茫。正阳春三月，花明柳暗，莺飞草茂，蝶舞蜂狂。日暖风轻，小姑衣薄，秀目盈盈意气扬。欢喜甚，有麦花满眼，频送清香。

　　漫谈开谢匆忙。是角色，安排上下场。念天生同本，风姿淡雅，芳华结籽，各擅其长。岁岁慈怀，年年尤盼，要助饥民过大关。便裁寿。唤千株万穗，快快金黄。

# 风入松·柳花

　　风和日丽正清明，新燕弄晚晴。团团飞舞难离去，念留处，款款深情。分道虽成陌路，故枝总系芳魂。

　　天涯漂泊倍相亲，夙愿要扶春。但得翠苑新苗秀，落为泥，兀自殷殷。鹏鸟展翅借力，一飞直上青云。

# 望海潮·牡丹

　　三春芳韵,一枝独秀,牡丹国色天香。粉面泛霞,美肌映月,雍容华贵端庄。桃李妒芬芳。藕莲慕高雅,气度泱泱。西子花间,万方仪态,世无双。

　　缘何雨骤风狂?任繁华落尽,且换新装。漫道空枝,岂逊桑枣,丹皮药助良方。放眼望苍茫,睛翠接天际,绿遍云岗。杨柳晓风碧水,万里好春光。

# 浪淘沙·荼蘼花

竹影日初长，满院清香。华枝茂密过东墙，不服人间春事了，恣意芬芳。

蛙鼓鸣莲塘，日照回廊。荼蘼花落醉飞觞。忽道新秧催农事，一片激昂。

# 一剪梅·楝花

　　苦楝花开薄寒收，风也悠悠，草也柔柔。长
堤杨柳舞绿绸。燕语轻愁，莺语娇羞。

　　独上江楼念远游，春事虽了，夏事当筹。还
将雅兴寄行舟。有限春秋，无限风流。

# 卜算子·致绍文

## 一

沅水浪何急，一叶乌篷苦。涉险抢滩过洞庭，地阔天空处。

竹翠碧梧姿，灵性生佳趣。深造三年念旧恩，又向家乡去。

## 二

一别岳麓山，惆怅何相诉。雨雨风风总含君，望断天涯路。

意外来佳音，久旱逢甘露。聚会长沙快快来，谈笑当如故。

# 清平乐·放排沅水

一滩咆哮,顺水驾排好。年少谁家浑似豹,
戏浪仰天长笑。

中流浪静风平,笛音亮漫遇行云。今夜常德
暂住,明朝直下洞庭。

# 桂枝香·江城小聚

登轮北上。正初夏新晴,江城欢聚。万里长江浩荡,锦帆飞逐。楼头黄鹤知何去,听笛音,落梅无数。东湖冲浪,江滩漫步,雅兴难足。

忆往昔,慈航竞渡。有春雨春风,年年相续。树木唯祈梁栋,漫嗟荣辱。巴陵岁月何能难忘,最洞庭,烟水犹睹。小舟明月,君山遥对,放歌一曲。

# 南乡一剪梅·感怀聚会相册

云雾锁高楼，独坐西窗忆旧游。一别麓山才两月，风也凝愁，雨也凝愁。

快递喜相收，手捧相册乐不休。满纸同窗情与爱，思又悠悠，念又悠悠。

# 扬州漫·水仙

　　仙草瑶池，无端谪下，人间借水开花。便雪肌玉骨，具月魄精华。蹑莲步、凌烟波浩渺，万千风韵，独对清嘉。更梅亲兰近，朝朝梦醒还夸。

　　洛神堪忆，又湘君、岁久一家。缘何恋巴陵，洞庭水冷，大浪淘沙。幽韵芳姿依旧，轩窗里、明月西斜，念梦中知己，暗香还送天涯。

# 蝶恋花·邂逅

向晚山村新雨后。杨柳溪边，豆蔻浣纱手。
粉面回眸红醉酒，木兰花下姗姗走。

客里中宵风雨骤。雨住风停，初月相思瘦。
别乃流光催更漏，茫茫只愿人依旧。

# 江城子·迎春

　　一年花信数君忙。叶未张，便清香。嬝嬝娜娜，芳韵断人肠。曼舞东风金腰带，纳瑞气，引韶光。

　　梅茶丽质水仙裳。斗寒霜，浴朝阳。雪里挚交，四友美名扬。迎得春来何自足，招百卉，共芬芳。

注：迎春柔条婀娜，花儿金黄，故别名金腰带。迎春花和梅花、山茶、水仙为雪中四友。

# 江城子·赏菊

丛丛簇簇看金黄，态盈盈，气昂昂。凛凛风姿，灼灼动山乡。漫道霜风凋碧树，秋色艳，胜春光。

晚来信步小田庄，渡潭溪，上青峦。忽忆当年，仗剑走八方。便赋重阳花照眼，陶令在，晚节香。

# 诉衷情·菊花

　　九秋过后一枝花，美誉入千家。满怀壮志何去，幽韵向天涯。

　　寒露尽，雪霜加，展芳华。陶公犹在，把酒东篱，醉赏烟霞。

# 临江仙·同窗情

　　三载同窗如陌路，一朝忽为知音。天涯诗柬往来频。林溪流日夜，随缘赋新声。

　　率性而为何逾矩，满怀玉洁冰清。人间万事赖前因。唯将夕照意，来映玉山春。

# 卜算子·咏梅

　　杏眼半含羞，玉面一如雪。临水依竹挺秀姿，冻里香清绝。

　　意态也随和，瘦骨犹凛冽。才动芳心唤万丛，四海着春色。

# 鹧鸪天·瑞香

　　粉面芳心浴朝阳,纷扬大雪情意长。略呈清韵惊流俗,又斗严寒献异香。

　　蜂欲恋,蝶犹忙,花间诗酒咏飞觞,风流一派谪仙醉,梦后犹叹鬓满霜。

# 一剪梅·樱桃

翠鸟声声天破晓。小院农家,炊烟缭绕。一枝最爱过墙早。洁白花开,红果袅袅。

不请好友自来了。老酒三杯,块垒全消。醉中乱走影人摇。才品樱桃,又赏芭蕉。

# 诉衷情·盼聚会

年来四十未相逢,岁月几匆匆。却又山遥水远,双眼望朦胧。

思不尽,念无穷。两心同。明年五月,聚会麓山快哉风。

# 鹧鸪天·忆平江

难忘那年在平江,三湘四水汇同窗。悬谈经典且耘地,丹桂黄花片片香。

人意气、志昂昂,感时愤在露锋芒。梦中犹听汨罗水,一片丹心只向阳。

注:1973年秋,作者入湖南师院中文系就读,第一学期在校办平江五七农场学习。

第三辑

# 现代诗

〉〉〉〉〉〉

# 我的梦乡

啊　梦乡

我的梦乡

我风光旖旎的梦乡


我的梦乡

在云蒸霞蔚的地方

青山巍巍

江水泱泱

学子莘莘

书声琅琅

更西窗月下

红袖添香

啊　我的梦乡


我的梦乡

在一望无际的水天茫茫

细草微风

芦花浩荡

皓月当空

渔歌悠扬

更妹自摇橹

哥自撒网

啊　我的梦乡


我的梦乡

在陶然怡人的山庄

十里春风

十里蛙鼓

十里稻香

人间走遍

又事农桑

更夕阳青山

依依相伴

啊　我的梦乡


啊梦乡

我的梦乡

我春色恼人的梦乡

# 林中小坐

天气太热了
又没有一丝风
有松鼠在树上跳跃
有鸟儿在林间飞动

一片片枯叶
落在地下
有几朵细碎的花
还扑进怀中

我端详着落叶
我细数着落花
我抬头望天
思绪直入苍穹

一切从来处来
一切朝去处去
一切都是一瞬
一瞬即是无穷

# 读《初夏的江南》

读一遍

初夏的江南

我心已醉

读一遍

初夏的江南

我心欲飞

我心已醉

我心欲飞

我深爱着江南

我心寻美

江南的容颜

永远不会老去

纵然老去了容颜

江南还在

我心永随

# 阿克萨姆斯的早晨

远了　红尘

近了　白云

这是奥地利的一个山中小镇

这是阿克萨姆斯的一个清晨

我贪婪地呼吸着

这里的空气多么清新

我尽情地欣赏着

这一方风土的清晨是多么宁静

四面八方

不见一辆车

也没有一个人影

只鸟儿在林间飞动

那叫声也脆响轻轻

只花儿在那园中灿然

且带了露珠盈盈

便抬头望四周高山
那峰巅的雪晶莹
而雪水孕育的小溪
正脚下浅唱低吟

一切似在梦中
只看得旅人已醉
却不料教堂的钟声
恰到好处的颤响
那么悠扬
那么庄严
那么神圣

正六点了
小镇新的一天
已然来临
而看的旅人
虽说恋恋不舍
却又要远行

再见了
我的异乡
我异乡的小镇
从此后纵到天涯
我也忘不了你
这阿克萨姆斯的清晨

# 威尼斯水城

我青春年少的时候
读莎翁的《威尼斯商人》
便对亚得里亚海畔的这颗明珠
起了一种向往之情

我青春老去的时候
终于来到了威尼斯水城
也就半日的盘恒
却将会怀念终生

威尼斯是一座仙岛
岛上长有一座建筑的丛林
人流贯注的大街小巷
便是这城中的水道纵横

有纵横就有交叉

有交叉便有小桥

于是　桥上人看船上人的风景

船上人则看桥上人的风景

一样的兴致勃勃

一样的笑语盈盈


我们坐的贡多拉游船

小巧精致而又轻盈

若比之我的江南水乡的乌篷

只略略少了几分温馨


我们的船头

那位意大利小伙

他懒懒地打着桨儿

有几分潇洒浪漫

也有几分漫不经心

在小船的另一头

坐着一位红衣女郎

她戴着白宽边帽墨镜

正频频拍摄风景

我赶紧把她也拍下

拟寄给远方的秋水伊人


啊　威尼斯城

我们古老的相识

我们新结的挚友

再见吧　再见

你亮丽的倩影

将永留我美妙的梦境

# 我到罗马

我到罗马

我惊叹罗马的过往

她那悠久的历史

她那灿烂的文明

让我的心湖波翻浪涌

久久不能平静


于是,我想

意大利人

将罗马定为首都

实在是

绝顶的聪明


我到罗马

我礼赞罗马的现在

从古老的角斗场

至英雄的凯旋门

到神圣的万神殿

凡是承载历史文明的所在

哪怕是一柱一瓦

一窗一椽

都保留得十分完整


于是,我想

聪明的意大利人

对民族的历史

确有绝对的忠诚


我到罗马

我遇到一场罕见的大雨

那雨下得酣畅淋漓

把我的思想浇得更加明亮

把我的头脑

浇得十分清醒

于是
我祝愿
祝愿你的民族
能绝对忠诚自己的历史
祝愿所有忠诚历史的民族
都有光辉灿烂的前景

# 观比萨斜塔

不是拒绝正直

也不是藐视堂皇

只因那命运的玩笑

你便在倾斜里挣扎向上

啊　比萨斜塔

你是人类的旷世奇观

已然经历了千年风霜

不是忘了初心

也不是对历史的背叛

只因上帝的安排

无法违背

便在生命的逆境里

执着向往

啊　比萨斜塔

你是亘大的男儿

浑身闪耀着人性的光芒


看眼前云卷云舒

望脚下潮落潮涨

这世界自古以来

就没有不凋零的辉煌

啊　比萨斜塔

你纵然有轰然倒下的一瞬

那也是一身玉碎

那也是自在安详

# 啊　佛罗伦萨

到意大利旅行

你当然要逛逛罗马

你还会看看斜塔

但是　亲爱的朋友

你千万别忘了

要去一趟佛罗伦萨


在意大利语中

她就是鲜花之城

我想　这不单是

自然风光之花

更是文明艺术之花

因为佛罗伦萨

文艺复兴的发源地

这是世人的称誉

并非意大利人的盲目自夸


鸟瞰一下佛罗伦萨吧

那清一色的圆殿顶

那赫然在目的罗马柱

和那直指苍穹的尖塔

组成独具特色的建筑丛林

于金色的夕阳中

泼洒出去

一派雄浑

直到天涯


且慢步阿尔诺河畔吧

沐晚风习习

听桨声咿呀

看一水中分、七桥横架

更两馆对峙、万丈光华

这是两座世界级的美术馆

馆内精品荟萃

教人叹为观止

目光应接不暇

拉斐尔的《圣母像》

波提切利的《维纳斯的诞生》

还有提香的《佛罗拉》

三位文艺复兴的巨匠

用他们的殿堂级艺术珍品

成就了佛罗伦萨的

光荣不朽

名扬天下


据说佛罗伦萨的重要地标建筑

当推圣母百花大教堂

先不讲教堂的金碧辉煌

也不谈钟楼的冲天浩气

单道这礼堂的那个正门

被米开朗琪罗誉为"天堂之门"

那当中的森罗万象

怎能不让世人慕煞！

教堂坐落所在的君主广场

还有一座碉堡式的建筑

她建于公元十三世纪

闪烁着文艺复兴时期的光华

如今她做了

佛罗伦萨的市政厅

普通的老百姓

也可以出出进进

而她侧翼的走廊

和广场连成一体

又成了偌大的露天博物馆

这里的石雕铜像

无不栩栩如生形象传神

而米开朗琪罗的大卫像

作为佛罗伦萨人民捍卫自由的象征

那一种勇猛刚毅

尤其魅力四射英气勃发

我就亲见同行的两位美女

驻足流连

从内心深处发出惊叹

这才是真正的男人


啊亲爱的朋友

你到意大利

便就是行程再忙

你也要想法

去一趟佛罗伦萨

# 美丽的瑞士

瑞士是个看山的国家

那连绵起伏的群山

如波涛滚滚的海洋

瑞士又是个看湖的国家

湖泊珍珠般撒落在群山中

像明镜一样澄澈洁亮


瑞士的山色如诗如画

瑞士的湖光如梦似幻

湖光山色中

所有的城镇都繁华平和

山色湖光里

所有的乡村都宁静安详


如果说　苏杭

是咱们中国的天堂

那么　瑞士

就是这个世界的苏杭

啊　美丽的瑞士

你端的美轮美奂


我告别瑞士时

我不由自主地想

人生就应该诗意的居住

人老去必须灵魂能安息

而美丽的瑞士

便是这种理想的地方


瑞士的美

在于得天独厚

瑞士的美又在于人的呵护

作为永远的中立国

瑞士避过了几次大战的灾难

不用担心战争

不用惧怕死亡

瑞士是现在的世外桃源

瑞士是真正的和平之乡

# 我在秋天拾到一片黄叶

我在秋天

捡到了一片黄叶

我坐在溪边遐想

复又放返于水中

去吧　我的思念

　漂向那天涯

　漂向那远方


　我在秋天

捡到了一片黄叶

我把它捧在手掌

　继而夹于书中

是的　我要珍藏

　那灿灿的金黄

　那淡淡的清香

# 一片雪花

一片雪花
自天空落下
飘飘洒洒

本就是一滴水
赖大地的温暖
才有了诗意的升华

啊　爱的怀抱
我又回来了
我的心灵之家

# 老五班之歌

我的大学
我曾经的乐园
我的老五班啊
我青春的初恋
我轻轻地一声呼唤
你就来到了眼前

十里茶场
别样高等学府
排排书窗
遥对汨罗江边
认真学知识
刻苦钻古典
下地搞冬播

进村作调研

互帮互学，并肩携手

教学相长，又红又专

假日游山也玩水

放歌万里好云天

我的大学

我人生的驿站

我的老五班啊

我深情的怀念

你轻轻地一招手

我就回到了当年

一代风流

恰逢峥嵘岁月

满腔意气

要把激情点燃

忧时思贾谊

爱国学屈原

老区多豪杰

先烈有宏愿

不求索取

只争奉献

此身学成文武艺

三湘四水赋新篇

# 和老友宝塔诗以助兴

春

光景

总为新

万物更新

杨柳杏花村

几个老友欢欣

家酿三杯便微醺

一派陶然天真

好梦竟成真

满堂儿孙

成才后

贺新

春

夏

堪夸

月色下

荷塘莲花

美人正芳华

不枝不蔓素雅

且通且直亦超拔

多情才子爱煞

幽梦到天涯

雨后朝霞

爱莲花

看吧

夏

冬

持重

日烘烘

有几个老农

偶逢溪头园东

描山绘水情意浓

此生家虽为农

正道总崇奉

勤俭谦恭

心犹红

从容

冬

# 后记·读雅韵

读罢连德君的《清溪雅韵》，不由拍案叫绝，赞叹连声：好一部语工情浓的诗词佳作！六大篇洋洋洒洒400首，咏物抒怀写得大气磅礴、雄浑豪迈；叙事绘景熔于一炉写得动人心弦、灿烂多彩；答赠题照、奉和友人则饱含着浓浓的深情和丰富的意蕴；34首桃花篇被作者渲染得五彩缤纷、花团锦簇；现代诗飘逸着清新雅致、自由灵动；古典诗韵律规整、意境深远，彰显出作者深厚的文学功底。轻声吟诵，细细品味，所有篇章，无不彰显语工、情浓、意新的特点。

所谓意新，指的是作者构思新颖奇特、精妙深沉。作者一直从事的是文化宣传、思想政治工作。搞起创作来，自然是以思想家的思维、政治家的高度、摄影家的角度来选材、布局、谋篇，一出手，自然不同凡响。新理念、新创意、新角度是作者一贯追求，在这部诗集里更表现得淋漓尽致。

　　所谓情浓，大凡文艺作品，都是作者情感的凝聚和浓缩。这个特点在这部诗集里彰显和流露得尤为明显和浓烈。作者以轻灵流畅之笔，抒发的是率真的赤子之情。在这些情感里，有描摹故乡黄荆的淡远乡情，有答赠友人的真挚友情，有怀念父老乡亲的浓浓亲情，亦有与妻子唱和的甜蜜爱情。

　　所谓语工，大抵是语言清新、鲜活流畅。作者本就天资高爽、才华横溢，读高中时就是名满应时霞山的才子，其后又经大学深造和锤炼，学识更见渊博，功底更显深厚，情感更加丰富，胸襟愈加开阔，其时执笔赋诗为文，语言焉不炉火纯青乎？

　　通览全篇，如走进了阳春三月的田野，又仿佛登上了天高云淡的山巅。放眼远望，但见无限风光渐行渐远；俯首凝眸，又似见处处鸣金嘎玉、花枝招展……以诗鉴人，若吾友之大气豁达；以语明情，似吾友之深情款款。廖廖文字，不足表达品《清溪雅韵》所感于万一，聊为后记。

挚友：启明

2020 年元月